Cet ouvrage de la collection Lo Païs d'Enfance,
dirigée par Chantal Miglioli,
a été achevé d'imprimer au printemps 2006
sur les presses de l'imprimerie Soler, Espagne.
Conception graphique Adéquation à Draguignan.

ISBN 2 268 05820 4

Loi 49 956 du 16 juillet 1949
sur les publications destinées à la jeunesse.

Dépôt légal : avril 2006

Ninon Maillard
Céline Chevrel

Justine
cherche un mari

Lo Païs *d'Enfance*
ÉDITIONS DU ROCHER

Quelqu'un m'a dit que Justine cherche un mari.
Il faut dire qu'elle s'ennuie beaucoup toute seule
du matin au soir.
"Me voilà bien punie toute seulette dans mon logis !
N'ai-je pas droit moi aussi à un mari
comme toutes mes poulettes amies ?",
demande Justine à son poisson rouge.

Justine est certaine que le mari de sa vie
fait partie de ses anciens amis...
"Il est très timide et attend que ce soit moi
qui fasse le premier pas",
se dit-elle tout bas.

Et voilà notre poulette en quête de l'amour de sa vie...
Monsieur Taupe lui dit qu'il est un peu tard
pour venir frapper chez lui, que sa famille s'est agrandie
et que son terrier est déjà bien trop étroit pour lui,
sa femme et ses petits.

Le lézard, quant à lui,
propose à Justine de le suivre
à Paris : "Tu seras ma muse,
je serai ton artiste.
Nous vivrons sous le Pont-Neuf
notre vie de bohème..."
"Et ma maison jolie,
mon poisson rouge
et mes amis ? Pas question !"
s'écrie Justine, "Je veux rester ici !".

Les cigognes ne peuvent rien de plus pour leur amie.
"Nous sommes livreurs de bébés et des milliers de mamans comptent sur notre disponibilité !
Pas question pour nous de devenir maris !
Allons, restons amis...".

Le lapin n'a pas le temps de s'arrêter pour en discuter :
"Je suis pressé. Toujours stressé. Pas le temps de me marier.
Jamais fixé. Pas casanier."
"Oh là là ! Va et surtout ne m'attends pas !
Je ne vais pas passer mon temps à courir après toi !",
répond Justine en riant.

Le singe est très emballé mais il doit justement s'en aller
pour quelques années avant de s'installer.
"Je ferai un bon mari, c'est certain, mais pas aujourd'hui".
Justine dit donc adieu à son ancien ami :
"Quelques jours d'accord, quelques mois, c'est déjà bien long,
mais quelques années, ça non alors !
C'est maintenant que je veux me marier !".

Et voilà notre poulette qui s'en retourne
sans l'amour de sa vie...
"Quelle idiotie de croire que l'amour se trouve ainsi...
Les amis ne sont pas faits pour devenir des maris...
Je rentre à la maison m'ennuyer bien tranquillement
aux côtés de mon poisson".

"Une si jolie poulette qui pleure toute seule
a besoin d'un ami ! Pouvons-nous nous asseoir
pour nous raconter nos vies ?
Oh ! La petite maison jolie !
J'ai tout mon temps, moi, et très envie
de le passer en votre compagnie !"
"Voilà un prétendant charmant",
se dit notre Justine le cœur battant.

La famille Taupe, les cigognes, le lézard,
le lapin et le singe tous réunis ?
Que font-ils avec leurs beaux habits ?
Où vont-ils en souriant ainsi ?
Où est Justine, leur vieille amie ?

Elle est au bras de son mari !
Et c'est pour faire la fête
qu'elle a réuni tous ses amis...
Elle a trouvé un amoureux transi
et plus jamais elle ne s'ennuie !

Quelqu'un m'a dit
qu'une cigogne était passée
juste au-dessus de leur logis !